KB085205

필론의 돼지

도서출판 아시아에서는 《바이링궐 에디션 한국 현대 소설》을 기획하여 한국의 우수한 문학을 주제별로 엄선해 국내외 독자들에게 소개합니다. 이 기획은 국내외 우수한 번역가들이 참여하여 원작의 품격을 최대한 살렸습니다. 문학을 통해 아시아의 정체성과 가치를 살피는 데 주력해 온 도서출판 아시아는 한국인의 삶을 넓고 깊게 이해하는 데 이 기획이 기여하기를 기대합니다.

Asia Publishers present some of the very best modern Korean literature to readers worldwide through its new Korean literature series 〈Bi-lingual Edition Modern Korean Literature〉. We are proud and happy to offer it in the most authoritative translation by renowned translators of Korean literature. We hope that this series helps to build solid bridges between citizens of the world and Koreans through rich in-depth understanding of Korea.

바이링궐 에디션 한국 현대 소설 016
Bi-lingual Edition Modern Korean Literature 016

PILON'S PIG

이문열
필론의 돼지

Yi Mun-yol

ASIA
PUBLISHERS

Contents

필론의 돼지

PILON'S PIG

그는 원래 되도록 군용열차는 피하려고 했었다. 지난 삼 년의 병역생활은 생각만 해도 끔찍했다. 바깥 사회에 있을 적에 그도 가끔씩 자기들의 군대 생활을 그리웁게 회상하는 사람들을 본 적이 있다. 그러나 그가 복무 기간 중에 한 여러 개의 맹서 중의 하나는, 나만은 제대해 나가더라도 결코 그런 쓸개 빠진 짓은 않으리라는 것이었다. 하물며 이제 막 그 원한에 찬 생활을 끝맺고 귀향하는 마당에 또 그놈의 군용열차라니?—적어도 전날밤 그의 생각은 그랬다.

그런데 사정은 밤새 달라지고 말았다. 친구들도 술잔깨나 사고 그 자신도 미리 약간의 돈을 준비했었지만, 막상

Lee was going to steer clear of the army train. Just thinking about his past three years in the army gave him the chills. When he was a civilian, he'd met people who spoke wistfully of their military service, and vowed to himself that he would never be one of those idiots who looked back on the service years with tearful fondness. Now that his rueful days in the army had come to an end and he was finally going home, the very idea of getting on the damn army train again was revolting... or so he thought the night before.

However, circumstances changed overnight. His army buddies were having more than enough

서울을 떠나려고 보니 주머니 사정이 말이 아니었다. 지나치게 홍청홍청 제대 기분을 낸 탓으로 만약 제값 치르고 일반 열차를 탄다면 대구에서 고향까지 이백 리 길은 걷기 알맞게 되어 있었다. 용산역으로, 현역 때조차 기를 쓰고 피해 보려던 그 쓰라린 장소로 가는 도리밖에 없었다.

다행스럽게도 그날은 우리 전 육군의 제대 출발일이어서 그가 탄 군용열차에는 제대병을 위한 객차가 따로 마련돼 있었다. 객차 안도 복잡하지 않아 한결 마음이 놓였다.

그는 습관대로 출입구에서 열 번째쯤 되는 곳의 마침 비어 있는 좌석을 골라 자리를 잡았다. 객차 가운데에 앉는다는 것은 부담스런 일이었다. 왠지 어떤 상황의 가운데에 자리잡게 된 것 같은 느낌, 따라서 무언가 성가신 일에 부딪칠 것 같은 불안 때문이었다.

그런데 그가 막 작은 세면도구함을 열차 시렁에 얹고 자세 편하게 앉으려 할 무렵, 비어 있던 앞 좌석에도 두 사람의 제대병이 자리를 잡았다.

"곱배(객차) 가운데 타문 마음이 안 놓이예. 사고라도 나문 빠져나오기 힘들꺼 아닙니꺼. 글타코(그렇다고) 입구에 앉으면 너무 분답고(복잡스럽고)…… 이쯤이 딱 알맞지예."

rounds to celebrate, and he had joined in on the festivities. He'd put some money aside for the train ticket, but discovered he was a little short as he was about to leave Seoul. He had indulged too generously on celebrating his discharge that if he paid the full fare for the civilian train, he would have had to get off at Daegu and walk the eighty kilometers to his hometown. He had no other option besides going to Yongsan, the sinister place he fought tooth and nail to avoid even as a serviceman.

Fortunately, it was an army-wide discharge day, and so a separate car was reserved for the discharged soldiers on the army train. The car was not so crowded, which put his mind at ease.

Following his habit, he found himself a seat about ten rows from the entrance, close to the exit but not too close. Sitting in the middle section of the car was akin to inviting trouble, to being right in the middle of things and putting himself in the way of possible nuisance.

He threw his small toiletries bag on the luggage shelf and was getting comfortable in his seat when two discharged soldiers took their seat one row ahead of him.

"No peace'a mind if you sit in the middle. If

서로 말을 올리는 것으로 보아 역광장의 대폿집이나 식당 같은 데서 만난 사이 같았다. 그는 무심히 떠들고 있는 쪽을 바라보니 이상하게도 어딘가 낯익은 얼굴이었다. 그런데 흘긋 그를 건네 본 상대편이 먼저 알은체를 했다.

"아이코, 이기 누군교? 이형이구만예, 날 모르겠능교? 홍동덕(洪東德)이, 홍동덕이라예."

그러자 대뜸 '홍 똥덩이'가 떠오르고, 뒤이어 상대가 뚜렷이 기억돼 왔다.

홍(洪)은 수용연대에서 만난 친구로 그와는 제2훈련소 입교동기였다. 거기다가 그 후로도 같은 중대 같은 소대에다 분대까지 함께였다. 그러나 그가 홍을 그토록 쉽게 기억해 낼 수 있게 된 것은 결코 그 예사롭지 않은 인연 때문만은 아니었다. 비슷한 인연이 있는 여러 훈련소 동기 중에서 유독 홍만을 삼 년이 지난 지금까지 선명하게 기억하게 한 것은 홍으로 보아서는 좀 민망스런 훈련소 시절의 추억 때문이었다.

경남 어느 두메산골에서 머슴살이를 하다가 학력을 속여 가며 입대한 홍은 (그때도 이미 국졸 이하는 입대를 받지 않았다) 훈련 기간 6주 동안 '군인의 길'은 물론 간단한 수하요령조차 못 외운 유일한 소대원이었다. 소총분해결합

there's an accident, it's a long way out. But it's too busy around the exit, so here's just right."

The way they were speaking formally to each other, it seemed they had just met at a bar or restaurant near the train station. He happened to glance at them and saw a face he remembered but couldn't place. The soldier looked at him, too, and recognized him.

"Who's this? It's Lee! Remember me? Hong Dong-deok. It's Hong Dong-deok."

Memories of "Hong Dunghead" rushed back, and Lee was able to place Hong.

They met at the assembly camp and went through boot camp together at Training Camp No. 2, and then the same company, platoon, and squad. But the reason he remembered him wasn't only because of the uncanny coincidence. After three years, Hong stood out in his memory among the numerous others who trained with him because of an attribute that was a little embarrassing for Hong.

Hong, who was a day laborer in the Gyeongnam countryside before he lied about his education (even then, the army did not take men who did not graduate from elementary school) to enlist in the army, was the only one in our platoon who couldn't

도 끝내 규정 시간에 대지 못해 몸으로 때웠다. 홍이 끊임없이 분실한 수많은 보급품을 채우기 위해 분대장인 그가 겪은 고초도 이만저만한 게 아니었다. 오죽하면 모든 소대원이 엄연히 '홍동덕'이란 이름이 있는데도 그를 '홍 똥덩이'로 불렀을까.

그 모든 걸 상기하자 그는 자신도 모르게 불쑥 묻고 말았다.

"고생이 심하셨지요?"

그러자 홍의 얼굴이 눈에 띄게 실쭉해졌다. 아직도 나를 그런 식으로 보느냐는, 항의 섞인 표정이었다.

"고생이사 뭐, 집 떠나면 다 한 가지 아잉교. 나는 그래도 보직이 좋아 남카모는 잘 보냈구마. 이형은 어땠능교?"

"말마쇼. 나는 제대 일주일 전까지 근무했어요."

그는 검열용 차트를 그리느라 철야하다시피한 일주일 전과 애원 반 협박 반으로 그를 닦달하던 정훈참모를 떠올리며 대답했다.

"저런, 그 흔한 제대 말년도 몬 찾고? 어데 있었는데?"

홍은 그보라는 듯 말투마저 반말로 나왔다.

"××사단 정훈참모부요."

remember simple army protocol, let alone "The Soldier's Path." He never managed to disassemble and reassemble the rifle in the allotted time, and had to work extra to make up for it. As squad leader, Lee went through pains restocking numerous supplies Hong lost. No wonder everyone in the platoon called him Hong Dunghead.

Recalling all of this, Lee asked in spite of himself, "You must have had a rough time."

At this, Hong looked visibly sulky. It was a resentful look that said, you still think of me as Dunghead.

"It's a rough time ever'time you leave home. Still, I was better off than other folks on account'a my assignment. How 'bout you?"

"Pretty rough. A week before discharge and I was still working," Lee replied as he recalled the week before when he had to work on little to no sleep making the inspection chart, and the staff officer at the Office of Armed Forces Information and Education who alternated between threatening and groveling to get him to finish before he left.

"Goddamn, ever'soldier gits his break at the end. Where were you?" Encouraged by this news, he dropped the formal speech.

"말이 글타카데만(그렇다 하더니만) 참말이구마. 육본이다, 무슨 사령부다 카는 번지리한 데가 속 골빙(골병)든다카디."

사실 대졸 학력 때문에 사단사령부로 차출될 때만 해도 그는 약간 우쭐한 기분이었다. 그러나 그는 곧 깨달았다. 형태나 방식이 다를 뿐, 모든 대한민국 젊은이가 그 삼 년간에 바쳐야 할 봉사의 양은 동일하다는 것을. 그 땀과 눈물과 피도. 사병이 편해 자빠져서는 도대체 유지되지 않는 게 그 조직이었다.

"홍형은 어디 있었는데요?"

"내사 말단 소총중대지, 장파리(長坡里) 있었구마. 그래도 두 달 전부터 열외(列外)였제. 차라리 속닥한 데(조용하고 한쪽진 데)가 편트마."

그러자 그는 문득 떠오르는 게 있었다. 언젠가 전방 소총중대에 검열을 나갔다 만난 사병들의 그 지치고 짓눌린 표정이었다. 산촌에서 지게지기보다 나을는지는 모르지만, 홍처럼 번번이 편했던 것을 내세울 만한 곳 같지는 않았다.

그러자 홍은 그런 그의 마음을 읽기라도 한 듯 자기가 얼마나 편안하게 잘 지냈는가를 열심히 늘어놓기 시작했다.

"The OAFIE at XX division."

"So it was true what they said. You git worked to death at the HQ or some such fancy place."

When Lee was appointed to the division headquarters thanks to his college degree, he frankly felt a little good about himself. But he soon realized that all young Korean men in the army did the same amount of work for three years, although the form of service may vary. The same amount of blood, sweat, and tears. This organization could not function when soldiers had easy work.

"Where were you, Hong?"

"Jangpa-ri. A low-rankin rifle company. I was outta the loop for the last two months. A quiet place in the middle'a nowhere is best."

Hearing this, Lee was suddenly reminded of the rifle company near the front he once inspected. They had seemed tired and oppressed. Being a rifleman may have been easier than being a mountain village woodsman, but the rifle company did not seem like such a comfortable place that soldiers would boast about it.

Hong must have seen the doubt on Lee's expression, as Hong began to volunteer details.

"Ever been to the company supply and service

"중대 보급계를 안 봤던가베. 먹는 거 입는 거 흔전만전 이었구마. 닭고기 나오는 날 서너 마리 치아났다가(감춰뒀다), 식용유에 튀가(튀겨) 놓으믄 그 맛 참 기찼제……."

하지만 중대보급계 정도로는 어려운 일이었다. 더구나 생판 무식인 홍에게 그런 보직이 주어질 리도 없었다. 오히려 두 가지 모두 가능한 곳은 취사병 쪽이었다. 그러고 보니 홍의 몸이 유난히 비대해지고 뭉툭한 손끝에 어딘가 기름과 그을음이 밴 듯한 느낌이 들었다. 일반적으로 보직 분류를 할 때 나이가 많거나 학력이 낮아 별 쓸모가 없는 병력은 취사부로 돌려지게 마련이었다. 그는 홍의 경력을 어느 정도 정확히 알아낼 것 같았다. 그러나 홍은 더욱 열심히 뻔한 얘기를 계속하는 데 신명을 내고 있었다.

"선임하사도 내게는 꼼짝 몬했능기라. 쌀말이라도 얻어 갈라카믄 내 눈치를 바야 하잉까. 토요일 일요일은 산너머 주막에서 안 살았나. 쌀이고 라면이고 내 쓰는 건 언(어느) 놈도 '타치' 몬했능기라……."

누구에게 들은 어느 시절 군대 얘긴 줄 모르겠지만, 확실히 홍은 많이 변해 있었다. 그러나 감탄보다는 아아, 이 삼 년이 순박한 농부 하나를 얼치기 건달로 바꾸어 놓았구나, 하는 느낌에 그는 왠지 쓸쓸해졌다.

division? Heaps'a things to eat and wear. When we got a shipment'a chicken, we kept a few on the sly and fried them up in cookin oil. Damn good stuff."

It would have been very difficult for a soldier in the company supply and service division to get away with stealing, and besides, Hong was too slow for such duties. But as mess personnel, he would have been able to do both. Lee took a closer look at Hong and noticed the extra pounds and a trace of grease and soot on his chubby fingers. Aware that the mess was generally staffed with soldiers who were too old or too ignorant, Lee put two and two together. Nonetheless, Hong chattered on excitedly.

"I had my superiors eatin' outta my hand. They wanted so much as a bag'a rice, they had to git it through me. Thanks'a that, I spent my weekends at the village pub. I had a stash'a ramen noodles and rice all to myself. No one could touch it."

Listening to Hong's story, which was likely fabricated by stringing other soldiers' anecdotes together, Lee noticed how much Hong had changed. Rather than being impressed by the life skills Hong picked up in the army, Lee lamented the transformation of an innocent farmer into a mediocre crook.

홍은 이제 그에게는 신경도 쓰지 않고 맞장구치는 옆자리의 제대병과 이야기에 열을 올렸다. 그러고 보니, 어느새 객차는 거의 차고, 얘기 소리로 시끄러웠다. 대개가 홍과 같이 그렇고 그런 얘기였다.

사람의 기억이란 이렇게 간사한 것일까. 추운 겨울밤 외곽동초를 서며, 혹은 군기의 명분 아래 인간적인 모멸을 당하면서, 혹은 별 이유도 없는 특수훈련(기합)으로 이를 악물던 때가 언제였던가. 십 년 전이던가, 이십 년 전이던가.

그는 약간 한심한 기분이 들어, 시끌덤벙한 주위를 무시한 채 눈을 감았다. 잠이라도 청해 볼 작정이었다. 어느새 출발한 기차는 한강철교를 건너고 있었다.

얼마쯤 지났을까. 아슴프레 잠이 들려던 그는 갑자기 출입문이 거칠게 열리는 소리와 함께 난폭하고 독기어린 고함 소리에 눈을 떴다.

"야이, 땅개(육군) 새끼들아."

보니 검은 각반 두른 현역 하나가 술에 취해 고래고래 악을 쓰고 있었다. 뒤이어 다른 검은 각반 하나가 나타나 그를 말렸다.

"아서, 여기는 제대병 형님들이다."

하지만 바이 말리고 싶은 눈치는 아니었다. 빙글거리며

Hong turned his attention from the downcast Lee to the more responsive discharged soldier sitting next to him who made for a better conversationalist. The train car had filled up in the meantime and was now clamorous with the sound of people talking, chiefly on the same topic as Hong's.

Human memory was plagued by such convenient partiality. How long ago was it that they were gritting their teeth during perimeter patrol on a cold winter's night, or being demeaned under the guise of discipline or some "special training?" Ten or twenty years ago?

A little frustrated by this folly, he closed his eyes and tried to ignore the conversations around him. Sleeping seemed a good idea. The train had departed in the meantime and was making its way over the Hangang Iron Bridge.

Lee was drifting off to sleep a while later when, suddenly, the door of the train car flew open and a fierce, brutish voice jolted him awake.

"You dog-faced sons of bitches!"

Lee saw a serviceman with black gaiters, likely a marine, hammered and screaming at the top of his lungs. Another marine appeared behind the drunken marine and tried to calm him down.

좌중을 돌아보는 폼이 차내의 반응을 살피는 것 같았다. 차중은 갑자기 쥐 죽은 듯 조용해졌다.

"제대 좋아하네. 왕년에 제대 한 번 안 해본 놈 어딨어? 이 새끼들한테도 거둬들여."

그러자 상대가 다시 한 번 눙을 친다.

"어이, 임 하사. 한번 봐주라. 삼 년 시집살이 이제 눈물 씻고 콧물 닦고 돌아가는 길이야."

"안 돼, 새꺄. 그러니까 더 거둬. 어떤 놈은 엉덩이에 못이 박히도록 맞고도 아직 13개월이 창창한데, 어떤 놈은 말랑말랑 엉덩이로 비실대다가 제집으로 기어들어? 어이?"

그는 다시 출입문을 거칠게 걷어차며 통로 쪽에다 손짓을 했다. 기다렸다는 듯 대여섯 명의 검은 각반이 몰려들었다. 그러자 말리던 상대는 못 이긴 척 히죽이 웃으며 돌아서더니 본격적인 용건을 꺼냈다.

"형님들 미안합니다. 고생하는 후배를 위로하는 셈치고 동전 한 푼씩이라도 술값 좀 보태 주십시오. 절대로 공짜로 받지는 않겠습니다……."

익숙한 솜씨로 제법 유창한 연설이었다. 뒤이어 그는 새로 들어온 검은 각반 하나를 앞세우며 거창하게 소개했다.

"Hold your horses. These are discharged brothers."

The sober marine's effort appeared half-hearted as he looked around to gauge the reaction in the train car, which instantly fell into complete silence.

"Discharged my ass. What do you bastards want, a medal? Hit 'em, too."

The sober marine tried once again to make nice.

"Hey, Sergeant Lim, go easy on them. They're on their way home after three years of tears and snot."

"No way. All the more reason to hit 'em up. I got beat up so bad I can't feel my ass anymore, and I still got thirteen months left. These bitches are going home with their asses soft and pink like a baby. Hell—"

The drunk marine kicked the door again and signaled toward someone behind him. Half a dozen marines stepped in on cue. The sober marine grinned as though he had no choice and announced the real purpose of this visit.

"Pardon us, brothers. Spare a coin or two for your poor, suffering juniors. We just want a little drink. We won't rob you for nothing..."

It was a well-rehearsed, eloquent speech. He pulled one of the marines behind him to the front and introduced him with flourish.

"저희 부대의 자랑, 왕년의 가수 나×× 군을 소개해 올리겠습니다. 박수로 맞아 주십시오."

그러자 지난 삼 년 휴가 때마다 당해 온 나머지일까, 몇 군데서 어정쩡한 박수 소리가 나왔다. 기다렸다는 듯 사회자는 다시 방금 소개한 앳된 검은 각반에게 말했다.

"어이 나××, 한 곡 불러."

시종 나××라고 불리운 검은 각반은 그러나 노래도 얼굴도 진짜 근처에도 가지 못했다. 곧 째지는 듯한 노랫소리가 차간을 메웠다. 그사이 나머지 서넛은 객석을 순례하기 시작했다. 곧 딸랑딸랑 동전 소리가 들려왔다.

"야, 너 정말 사람 거지 취급할 거야?"

갑자기 노랫소리가 중단되면서 욕설이 들려왔다. 뒤이어 무어라고 우물우물하는 소리, 철썩, 퍽 하는 소리, 그가 소리 나는 쪽을 보니 대여섯칸 앞에 제대병 하나가 당하고 있었다.

"옛다. 동전 두 개. 네 애인 ××에나 넣어 줘라, 이 새꺄. 술이 고파 죽어도 고린내 나는 네놈 돈은 싫다, 임마."

잠시 객차 한켠이 수런거리는 것 같았으나 검은 각반들의 매서운 눈길이 두어 번 보내지자 이내 조용해졌다. 처음부터 그들의 출현이 못마땅하던 그의 가슴에 은은한 분

"Gentlemen—the pride of our unit, a former singing sensation, Mister Na! Give him a round of applause!" As a conditioned response learned on the train during every vacation for the last three years, delayed smatterings of applause came from here and there.

The "host" addressed the baby-faced marine he just introduced, "Give us a song, Na!"

The marine called Na was nowhere in the vicinity of the real Na in terms of his singing or looks.[1)] Na's screeching soon filled the car. A handful of marines started making the rounds in the meantime. Coins jingled in their caps.

"You gonna treat me like scum?"

The singing came to an abrupt halt by the curses, followed by some murmuring, a slap, and a smack. Lee turned to where the sound was coming from, and saw a soldier taking a beating five or six rows ahead.

"Here's your two pieces of coin. Take it and shove it up your whore's ass, you shit. I'd rather die of thirst than take your stinking money."

One corner of the car seemed to be grousing disapprovingly, but was immediately quelled with one glare from the marines. Lee, who was resentful of

노의 불길이 타올랐다. 이제 그 모든 불합리와 폭력에서 벗어났다고 생각한 때이기 때문에 더욱 그런 것 같았다.

그러나 그뿐이었다. 그가 할 수 있는 일은 빨리 헌병이나 열차 공안원이 와서 그들을 제지해 주기를 기다리는 것뿐이었다. 하지만 헌병이나 공안원의 특징은 필요 없을 때만 나타나는 점이다. 노래는 다시 계속되고 징수는 계속되었다.

"이노무 차에는 헌병도 없나? 만날 이꼴이고."

옆 좌석 홍이 마치 그의 기분에 맞장구라도 치듯 투덜거렸다. 그는 갑자기 홍이 밉살스러웠다. 몇 명의 난폭자에게 고스란히 당하고만 있는 백여 명의 동료들에 대한 혐오감이 갑작스레 홍에 대한 증오로 변해 버린 것일까. 그러나 이내 그 증오는 다시 자기혐오로 되돌아왔다. 아, 나의 팔은 너무 가늘고 희구나, 내 목소리는 너무 약하고, 내 심장은 너무 여리구나, 저들의 폭력을 감당하기에는. 학대받고 복종하는 데 익숙한 내 동료들을 분기시키기에는.

그사이 징수인들은 그의 의자 두어 칸 앞에까지 다가왔다. 무력감과 자기혐오에 지친 그는 거의 참담한 심경으로 주머니 속의 백 원짜리 주화 한 닢을 만지작거렸다. 홍도 주머니에 손을 찌르고 있는 품이 백동전을 찾고 있는

the marines' appearance from the start, felt muted flames of rage glowing in his heart. He thought that he was finally free from all the irrationality and violence he'd had to endure.

But rage was all he could manage. There was nothing he could do but to hope that the military police or railroad security would come to the rescue. But military police and railroad security were known for showing up exclusively where they were not needed. The singing and collection resumed.

"This train's got no military police? I swear to God, it's like this ever time!"

Hong, one seat over from Lee, grumbled in commiseration. Lee suddenly couldn't stand Hong. The disgust he felt for the hundred or so soldiers who wouldn't stand up against a handful of roughnecks was instantly redirected and turned to hatred toward Hong. But the hatred returned to him as self-hate before long. Ah, he lamented. My arms are too thin and white, my voice too weak, and my heart too craven to withstand their violence, to galvanize my peers who are accustomed to abuse and obedience.

The collectors were only a few rows away now. Weary from helplessness and self-hate, Lee miserably ran his fingers over the 100-*won* coin in his

것 같았다. 그때였다. 돌연 바로 앞줄에서 거친 얼굴에 건장한 제대병 하나가 일어났다.

"씨팔, 보자 보자 하니 정말 더러워서 못 봐주겠네."

돈을 거두던 검은 각반들이 험한 눈길로 그를 쏘아보았다.

"엇쭈, 넌 뭐야?"

"시꺼, 임마. 너 같은 건 들어도 몰라. 저 문앞에 기대서 있는 치, 너희 선임자야?"

완전히 상대를 안중에도 안 두는 태도였다.

"어? 이 새끼 봐라."

검은 각반 중 하나가 잽싸게 주먹을 내질렀다. 그러나 그 제대병이 무얼 어떻게 했는지, 주먹의 주인은 비명을 지르며 주저앉았다. 그 기세에, 힘을 얻은 제대병 몇이 여기저기서 가세하고 일어났다. 그러자 무더기로 덮칠 기세이던 검은 각반들도 주춤했다.

"뭐야, 뭐야?"

그때껏 입구에서 취한 체 비틀거리던 검은 각반 하사가 이상한 낌새를 느낀 듯 끼어들었다.

"너는 하사니 좀 알겠군. 백골섬 들어 봤어? 나 거기서 집에 간다."

pocket. At that moment, a burly soldier with a fierce look sitting one row ahead rose from his seat.

"Fuck, I'm not taking this shit."

The collector marines glared at him.

"Who the hell do you think you are?"

"Shut your pie hole. You don't know shit. That thug standing by the door, is that your superior?"

The burly soldier seemed completely unintimidated by the marines.

"Well, lookie here."

One marine cocked his fist and took a swing at the soldier. It wasn't clear what the soldier did to the marine, but the next moment, the marine was on the floor screaming. Emboldened by this display, a few soldiers got up out of their seats. The marines about to gang up on the burly soldier were taken aback.

"What's going on?"

The drunken marine sergeant who was fumbling by the door sensed something was amiss and interjected.

"You're a sergeant, so you'll get it. Ever heard of White Skull Island? I served there."

Lee didn't know what that meant, but the marine sergeant apparently did. Unwilling to go down easy,

그로서는 처음 듣는 말이었다. 하사는 알아듣는 것 같았다. 그러나 쉽게 기죽을 수는 없다는 듯 애써 너털웃음을 지었다.

"알 만하면서 왜 그래? 냄새나는 땅개 새끼들하고 어울리지 말고 우리 같이 한잔하지."

그는 간절한 기대의 눈길로 이 갑작스럽게 출현한 영웅의 표정을 살폈다. 그의 영웅은 뜻 아니한 검은 각반의 제안에 잠시 어리둥절한 것 같았다. 그러나 이내 그의 표정에는 계산의 표정이 떠올랐다.

"어때? 같이 가지."

다시 한 번 검은 각반 하사가 종용했다. 차내의 눈길은 모두 올바른 계산이 나오기를 기대하며 그 용감한 동료를 살피고 있었다. 그러나 결과는 반대였다.

"괜찮지, 술 있으면 한잔 줘."

그리고는 검은 각반 하사와 함께 입구 쪽으로 사라져 버렸다. 그 제대병이 준 배신감은 그를 한층 참담한 기분에 젖게 했다. 동조해 일어섰던 몇몇도 무너지듯 제자리에 앉았다.

드디어 그에게도 차례가 왔다.

"이 친구, 왜 이리 벌레 씹은 얼굴이야?"

however, the sergeant forced out a chuckle.

"So you know this is beneath you. Don't hang around these stinking dogfaces and come have a drink with us."

Lee studied this sudden hero's face with desperate hope. Lee's hero seemed momentarily thrown by the marine's unexpected suggestion. Soon, a calculating expression surfaced on his face.

"Come on!" The marine coaxed again. All eyes in the car were on the brave soldier, hoping he'd do the right thing. He let them down.

"Great. Pour me a drink." The two of them disappeared behind the door. The betrayal Lee felt sunk him to greater depths of gloom. The few soldiers who had gotten up to fight crumpled back into their seats.

Finally, it was Lee's turn to pay up.

"Fella, you look like you stepped in dogshit," the marines teased him as Lee tossed his coin in the cap. Lee indeed felt like he'd stepped in dogshit, and the feeling grew more intense with their teasing. Good God, he thought.

"He don't feel so good. Nothin'a worry about." Hong intervened. Is that how he saw my face colorless with rage? The marines heard Hong and moved

그들도 눈은 있다는 듯 백 원짜리 주화를 벌린 모자 속에 던져 넣는 그를 보며 이죽거렸다. 그는 정말로 벌레를 씹는 기분이었다. 그러나 그 기분은 그들의 이죽거림으로 인해 더 격렬해졌다.

(아아, 기어코……)

"몸이 아푸구만예, 나 뚜소."

갑자기 홍이 끼어들었다. 그의 분노로 창백한 얼굴을 그렇게 본 것이었을까. 그들도 홍의 말을 듣고는 더이상 시비 않고 다음 좌석으로 건너가 버렸다.

"그저 좋은기, 좋은기다. 절마들(저놈들) 사람도 아이구마. 속상하겠지만 참으소."

홍은 결코 그가 몸이 아픈 것이라고 오인한 것이 아니었다. 오히려 정확히 그의 심중을 꿰뚫어보고 있었다. 그것이 그를 더욱 화나게 했다.

"정말 3년 동안 더러운 것만 배웠군……."

그는 거의 자신을 걷잡지 못한 채 내쏘고 말았다. 홍은 피식 웃었다.

"깨끗한 거 배운 사람도 별 수 없더마. 이형이 낸 거나 내가 바친 거나 다같이 백 원짜리 동전잉께. 너무 그러들 마소."

on.

"You gotta try a get along, huh? The thugs ain't human. I know it don't feel good, but you gotta keep cool."

Hong had not mistaken Lee's pale face as a sign of illness, but had in fact read Lee's mind exactly. This made Lee even more angry.

"You sure picked up a lot of filthy tricks in three years, didn't you?" Lee spat out the words. He couldn't have stopped himself if he tried. Hong smirked.

"A clean education don't do you no good in the army. My 100-*won* coin is just as good as yours. So keep cool, huh?" And with infinite magnanimity, Hong added, "Have a drink'a *soju* and relax. Hey, one *soju* here." Hong affectedly beckoned the food cart rolling down the aisle.

"No thanks," Lee replied quietly, struggling to keep his temper from exploding. He knew there was no reason for him to be angry with Hong. But Hong got under his skin once again.

"It's a real stinkin bitch when you buy someone a drink you got no money for, huh? Gits you so pissed you don't know what you're gonna do. Come on. One drink."

그리고 한없이 너그러운 소리를 덧붙였다.

"쏘주나 한잔하고 마음 푸소. 어이—여기 소주 한 빙(병)."

마침 판매원이 손수레를 끌고 지나가는 걸 보고 홍이 호기롭게 불러 세웠다.

"혼자 들어요."

그는 부글거리는 속을 간신히 억누르며 조용히 대답했다. 사실 홍에게 화낼 일은 아무것도 없었다. 홍은 그런 그의 속을 한 번 더 뒤집었다.

"지는 못 먹는 술을 남 사준다카몬 그거야 참말로 벨 꼴리는 일이제. 홧김에 서방질이락꼬. 한잔만 하소."

기어이 그는 고함을 꽥 지르고 말았다.

"그만해."

그의 새파랗게 날선 표정을 보자 홍도 약간 움찔했다. 홍은 계면쩍은 웃음을 흘리더니 곁에 앉은 제대병에게로 술잔을 돌렸다.

그는 모자를 깊이 눌러쓰고 다시 의자 등받이에 몸을 기댔다. 잠이 올리 없지만 그렇게라도 이 굴욕의 시간을 외면하고 싶었다. 그러나 귀까지는 막을 수 없었다.

"아이구 형님 고맙습니다."

Lee couldn't stand it anymore and snapped, "Stop it!"

Hong flinched when he saw the wrath on Lee's face. Hong smiled awkwardly and passed the drink to the soldier sitting next to him.

Lee pulled his cap over his face and leaned back. He knew he couldn't fall asleep, but needed to do whatever it took to shut out the humiliation. But he couldn't shut out the conversation.

"Why, thank you very much, brother."

It appeared some lily-livered soldier sitting not far away volunteered a good amount, for one of the marines was gushing.

"Hey, pour this good brother a drink. He generously contributed sendai (a thousand *won*)."

Why the sudden change of heart, Lee wondered. Like an epidemic, a couple more soldiers in the vicinity pulled out bills instead of coins.

The peaceful collection, however, soon ran into a hitch somewhere in the middle of the car.

"You're telling me you're so stingy you can't part with one lousy coin?" the marine barked.

"This isn't about stinginess. I owe you nothing," came the distinctive, chilling reply. Feeling inexplicably ashamed of himself, Lee turned to see where

멀지 않은 곳에서 어느 쓸개 빠진 제대병이 마음먹고 상납을 한 듯 검은 각반 하나가 과장스레 외쳤다.

"어이, 여기 이 형님한테 술 한잔. 아우들을 위해 센다이(천 원)를 내셨다……."

그 무슨 이해 못 할 변화일까. 한 번 그런 일이 있자 무슨 전염처럼 그 부근에서 두어 번 그런 소동이 더 일었다.

그런데 갑자기 그 모든 것에 찬물을 끼얹는 사태가 벌어졌다. 한동안 순조롭던 징수에 다시 제동이 걸렸다. 객차 한가운데쯤에서였다.

"야, 너 정말 째째하게 굴 거야? 백 원짜리 동전 한 개가 그렇게도 아까와?"

검은 각반의 거친 고함.

"돈이 아까운 게 아니라, 내야 할 이유가 없기 때문이오."

야멸차고 카랑카랑한 목소리였다. 그는 원인 모를 부끄러움을 느끼며 그쪽을 바라보았다. 창백하고 깡마른 제대병 하나가 검은 각반들과 꼿꼿이 맞서 있었다.

"이 새끼, 노래는 공으로 들으려는 수작이군."

"그 노래 도대체 누가 청했소? 내게는 안면 방해밖에 안 됐소."

the voice was coming from. A pale, lanky soldier stood facing the marines audaciously.

"Here's how this works. We give you a song, you pay."

"The song came at no one's request. All it did was disrupt my repose."

"You cocky sonovabitch."

The marine swung his fist without warning. The lanky soldier stumbled but did not fall. He cupped his hand where he was hit in the face, and when he removed his hand, it came away bloody. His nose was bleeding. This didn't seem to unnerve him as he calmly wiped off the blood with his handkerchief. His eyes glinted.

"You hit a man," the soldier's voice rang out, clear and distinct. "I have yet to file for discharge, so I'm still a petty officer second class. You're a private first class. This constitutes mutiny. I will see to it that you are court martialed."

The marine sergeant appeared from the crowd and punched the lanky soldier in the stomach.

"I'm petty officer first class, so I can hit you. You look like you escaped from a mortuary. Shut it and give me your money. This is an order."

The lanky soldier who was doubled over from the

“개새끼, 문자 쓰고 있네.”

갑자기 곁에 있는 검은 각반 하나가 주먹을 날렸다. 깡마른 제대병은 한 번 휘청했지만 쓰러지지는 않았다. 맞은 얼굴을 감싸쥐었다 풀자 코피가 터진 듯 피가 흘렀다. 그러나 그는 침착하게 손수건을 꺼내 피를 닦았다. 그러는 그의 눈은 이상하게 번쩍거렸다. 목소리도 더 카랑카랑했다.

“당신, 사람을 쳤소. 더구나 나는 아직 전역 신고를 안 했으니 현역병장이요. 그런데 당신은 일병이오. 하극상이야. 내 반드시 군법회의에 당신을 걸겠소.”

그때 어느새 왔는지 검은 각반 하사의 주먹이 다시 그의 복부를 쳤다.

“나는 하사니까 쳐도 되겠군. 염(殮)하다 놓친 것 같은 새끼야, 입 닥치고 돈이나 내. 이것도 명령이야.”

잠시 복부의 타격으로 몸을 접었던 깡마른 제대병이 다시 몸을 일으켰다.

“부당한 명령은 거부할 수 있소. 거기다 당신은 내게 명령권도 없소. 이건 폭행이오. 당신도 고발하겠소.”

“지미랄, 이 새끼는 판사 검사를 에미 애비로 태어났나? 아나, 법 여기 있다.”

impact stood up again.

"I can refuse to follow unjust orders. And I do not answer to you. This is an assault. I will lodge a complaint against you, too."

"Motherfucker. Are your parents lawyers or something? Here's your precious law."

The marine punched him again. But a moment later, the clear voice returned.

"You will answer to the law."

Fists and boots came pouring down on the soldier who finally collapsed. The situation was helpless.

Lee dejectedly stared at the exit, waiting for a military police or a guard to appear like the Messiah. But the law and truth were, as always, late to arrive.

What turned up at the exit instead was the sudden hero who betrayed them earlier. He was being dragged in by two marines. He was knocked around so badly it was difficult to tell who he was or where they'd hit him. He was miserable and swollen all over. One of the marines dumped him in his seat and thought out loud for the whole car to hear, "Pansy bastard. All fat and no muscle. Hmph!" He gave the fallen hero a loud kick before walking away.

This development completely silenced the soldiers'

다시 날아드는 주먹. 그러나 조금의 간격 후에 그 카랑카랑한 목소리는 여전히 대꾸했다.

"법은 당신들을 반드시 찾아갈 것이오."

하지만 사태는 절망적이었다. 뒤이어 날아든 주먹과 발길질에 그 깡마른 제대병은 결국 주저앉고 말았다.

그는 한결 암담한 마음으로 끊임없이 입구 쪽을 주시했다. 헌병이나 공안원이 나타나기를 구세주처럼 기다렸다. 그러나 그들은 법과 진리처럼 멀었다.

대신 그 출입구를 통해 나타난 것은 뜻밖의 현실이었다. 조금 전에 그들을 배신하고 떠났던 영웅이 비참한 몰골로 두 명의 검은 각반에게 끌려 들어왔다. 어디를 어떻게 맞았는지 얼굴이 알아볼 수 없을 만큼 부어 있었다. 그를 팽개치듯 자리에 처박은 검은 각반 하나가 모두에게 들으라는 듯 큰소리로 중얼거렸다.

"쥐뿔도 없는 새끼가 뚝심만 믿구 까불어."

그리고 몰락한 영웅을 소리나게 한 번 걷어차고는 훌쩍 가 버렸다.

그 돌연한 사태는 언제부터인가 희미하게 술렁거리던 차 안을 다시 잠잠하게 만들어 버렸다. 깡마른 제대병이 일어설 때부터 웅얼거림처럼 들리던 탄식과 불평은 그 제

quiet protests that had started up again. The indignation and complaints that began when the lanky soldier stood up had escalated to a conspicuous sign of disapproval by the time the soldier was beaten to the ground.

Lee watched the collection resume, feeling uneasy and depressed. Fortunately, not all was lost for those with a group of likeminded people, whatever form it may take. It seemed the soldiers were not about to surrender without a fight, for the marines were scarcely two rows away from the lanky soldier when a booming voice shook the car.

"You fools! Isn't it enough that we put up with this for three years? You're going to let 'em piss all over you again? On your way home?"

The soldiers started as though they were waking up from a dream. Something in the soldier's cries fanned the dying cinders in the soldiers' hearts.

"Where's this bastard?"

"I find you, I kill you."

The marines were getting annoyed, but the undaunted rabble-rouser stayed hidden and continued to spur the soldiers on.

"There are a hundred of us. We can't be taken down by five guys." The marines whipped their

대병이 쓰러질 때쯤 해서는 제법 구체적인 반항의 표현으로까지 번졌었다.

그는 착잡하고 음울한 심정으로 다시 계속되는 징수를 바라보았다. 그러나 인간이란 어떤 형태로든 집단을 이루기만 하면 끝까지 나약하게 죽어 가는 것은 아닌 모양이었다. 검은 각반들이 깡마른 제대병을 주저앉히고 채 두 줄도 전진하기 전에 갑자기 반대편 구석에서 흥분에 찬 우렁우렁한 목소리가 차 안을 흔들었다.

"야, 이 답답한 친구들아, 삼 년간 당한 것도 분한데 끝나는 오늘까지 당하고만 있을 거여!"

모두들 꿈에서 깨난 듯 움찔했다. 절규와 같은 그 목소리에는 무언가 그들 마음속의 희미한 불씨에 세찬 부채질을 하는 것이 있었다.

"웬 놈이야?"

"어떤 새끼야? 죽고 싶어?"

검은 각반들의 반응도 그때쯤은 거의 신경질적이었다. 그러나 목소리의 주인은 얼굴을 숨긴 채 선동만 계속했다.

"우리는 백 명이란 말여. 그런데 다섯 명한테 당해서야 쓰겄어?"

그리고 두리번거리는 검은 각반들을 무시한 채 목소리

heads around in search of the rebel.

"Cut off your balls and feed 'em to the dogs. What are you going to tell your parents when you get home? What're you going to tell your girl?"

The marines seemed to have found the source of the voice and were about to jump him. Unfortunately, they were too insensitive to the change in the atmosphere. Angry cries sprang up in all corners of the car and stayed their attack.

"I will not give them the satisfaction on my last day!"

"They're also made of flesh and blood. We can take them down. If we can't do it alone, then we'll do one to three, and if we can't do it one to three, then we'll do one to ten!"

The voices snowballed. The reaction was much stronger from where the marines had not collected yet. The will to keep their money was stronger than the anger of those who were already robbed.

"Court's not going to kill all hundred of us for killing a few of them. Worst-case scenario, we go home a couple of months late," said the booming voice again. The voices of his followers grew more frenzied.

"Kill them! Beat them to death!"

는 계속됐다.

"부랄들 떼 던짓뿌란 말여. 집에 가서 이 얘기를 어떻게 할 거여? 애인 보고는 뭐라고 할 거여?"

드디어 검은 각반들은 소리 나는 곳을 잡은 듯 그쪽으로 덮칠 자세였다. 불행하게도 그들은 너무나 사태의 변화에 둔감했다. 그들이 몇 발자국 옮기기도 전에 여기저기서 성난 부르짖음이 튀어나왔다.

"맞아, 끝까지 당할 수는 없다."

"저놈들도 피와 살로 된 인간이야, 혼자서 안 되면 셋이, 셋이 안 되면 열 명이 붙지."

차츰 목소리들이 불어났다. 특히 아직 징수를 당하지 않은 쪽의 호응이 컸다. 이미 빼앗긴 자의 분노보다 아직 빼앗기지 않은 자의 지키려는 의지가 더 무서운 것일까.

"저놈들 몇 놈 죽여 버린들 우리 백 명 모두 잡아 죽일 거여? 기껏해야 몇 달씩 집에 늦게 가면 되여."

다시 처음의 그 목소리. 그러자 이에 호응하는 목소리들도 점차 격렬해졌다.

"맞다, 죽여. 때려 죽여."

"문 막아. 못 토끼게."

여기저기서 제대병들이 일어서고 몇몇은 정말로 양쪽

"Seal the exit! Don't let them get away!"

The soldiers around the exits got up and sealed the exits. The marines were alarmed by this sudden shift. While the marines were exchanging looks that said, This isn't happening, several pairs of hands reached over, yanked one of the marines up by the shoulder. The poor marine did not have a chance against the soldiers who lifted him over their heads like a rag doll, carried him two rows up, and dropped him in the aisle right next to Lee. Dozens of boots came down like rain on the marine.

But marines were marines. Hardened by endless special drills and a tough army life, they acted quickly even in a moment of panic. One of the remaining four broke a *soju* bottle and wielded it to make room for another to break a window with his boot, and the third armed himself with a blade-shaped piece of glass.

The four made their way through the sea of angry soldiers by forming a circle facing out. The soldiers were losing confidence as the marines with murderous looks in their eyes cleared the path for their escape. In spite of the insults and shouting, the marines slowly inched their way to the exit.

Lee felt relieved on the one hand but also felt hol-

출입구를 봉쇄해 버렸다.

검은 각반들은 처음 그 갑작스런 변화에 얼떨떨한 눈치였다. 그리하여 절대 이럴 리가 없다는 표정으로 서로를 바라보고 있는 사이에 왁살스런 여러 개의 손이 그 중 하나의 어깨를 끌어올렸다.

그 불행한 검은 각반은 거의 손 한번 써볼 틈도 없이, 마치 무슨 가벼운 공기돌처럼 수십 개의 손바닥에 받쳐져서 의자 몇 줄을 건넌 후, 바로 그의 옆 통로에 내동댕이쳐졌다. 그리고 그 위를 수십 개의 제대화발이 소나기처럼 쏟아졌다.

그러나 역시 검은 각반은 검은 각반이었다. 수많은 특수훈련과 거친 생활에 단련된 그들은 그 아연한 사태를 당해서도 재빠르게 대처했다. 남은 넷 중 하나가 들고 있던 소주병을 깨뜨려서 휘둘러 생긴 틈으로 다른 하나가 열차 창문을 구둣발로 박살내고, 이어 나머지가 칼처럼 생긴 그 유리 조각으로 무장을 했다.

그리고 등을 맞대 원진을 친 그들은 성난 물결 같은 제대병들 속을 헤쳐 나가기 시작했다. 살기를 띤 채 흉기를 휘두르며 활로를 개척해 나가는 그들에게는 기세등등하던 제대병들도 어쩔 수 없는 모양이었다. 욕설과 고함 속

low as he watched the retreat from outside the war zone, which was approaching his row.

"Don't understand what the fuss is. They say they're gonna go, you let 'em go," said Hong, whose presence Lee had briefly forgotten. Hong didn't appear to handle his liquor well, as he was bright red from half a bottle of *soju*. Lee looked around and saw that Lee and Hong were the only two people in the area who had remained seated in the commotion. Lee had an eerie feeling as he looked at Hong. Hong looked like a drowsy pig.

Another sudden development turned Lee's attention away from Hong. The marines were a few steps away from Lee's row when a soldier with his shirt off hopped over the rows and stopped the marines.

"You're not going anywhere, you thugs. You think you can get away with anything, do you? You're not getting out of here unless you kill me first. I got no one waiting for me back home."

The marines were thrown once again. They stopped their retreat.

"Go on. Stab me. I wouldn't mind if my crappy life ended right here, or if I got to spend a few months at the army hospital."

에서도 조금씩 틔워 주는 길로 검은 각반들은 조금씩 헤쳐나갔다.

약간은 후련해 하면서도, 여전히 전권(戰圈) 밖에서 그 소동을 지켜보던 그는 왠지 이번에는 허전한 마음이 되어 그런 검은 각반들의 탈주를 바라보았다. 전권은 점점 그의 좌석 부근으로 옮겨오고 있었다.

"참말로 와이래 쌌는지 모르겠구마. 가겠다믄 보내 주고 말끼지."

지금껏 잊고 있었던 홍이 불쑥 말했다. 술은 약한 듯 소주병이 반밖에 비지 않았는데도 얼굴이 불그레하게 익어 있었다. 그러고 보니 부근에서 그 소동에 말려들지 않고 제자리에 앉아 있는 것은 그와 홍뿐이었다. 그는 약간 기이한 느낌으로 홍을 쳐다보았다. 졸리운 돼지 같았다.

그런데 다시 갑작스런 사태의 변화가 그의 주의를 홍에게서 돌리게 하고 말았다. 검은 각반들이 거의 그의 앞 서너 발자국 앞에까지 접근해 왔을 때였다. 웃통을 벗어부친 제대병 하나가 의자 등받이를 타 넘고 달려와 검은 각반들의 앞길을 가로막았다.

"못 가, 이 나쁜 놈들. 너희 멋대로야. 갈 테면 나를 찌르고 가. 마침 나가 보아야 별 볼 일 없는 몸이야."

The soldier really seemed ready to die. Healed scars of stab wounds gleamed threateningly on the soldier's bare chest. One of the marines, at his wit's end, idiotically asked, "Well, uh... what do you want?"

"Put that down. Get down on your knees and apologize to your brothers."

The marines sensed that if they surrendered their weapons, that would be the end of them.

"Get out of the way. I'll kill you."

A quick-tempered marine wielded the blade of glass at the bare-chested soldier. A line of blood sprung from the soldier's arm. The soldier still stood his ground like a mountain and pointed at his stomach.

"Here. Aim for here," he teased them. "So I'll die or spend a few months lying around. If I were afraid of a piece of glass, I wouldn't be the aiguchi of the fourth dock!"[2)] He sounded like an immortal ghoul.

"See you in hell!" The marine with the blade of glass lunged at the soldier with a blood-curdling cry. The soldier quickly jumped back, but the blade still managed to leave a rather long, deep cut on his chest. Several streams of blood trickled down his

다시 검은 각반들의 얼굴에 아연한 표정이 떠올랐다. 그들은 멈칫 전진을 중단했다.

"어디 찔러 봐. 괴로운 세상 여기서 끝내는 것도 좋고, 통합병원에서 몇 달 쉬는 것도 괜찮아."

상대는 정말로 죽음을 각오했다는 투였다. 그런 그의 알몸에는 여기저기 흉칙한 자상이 불빛 아래 위협적으로 번들거렸다. 검은 각반 중 하나가 질린 듯 멍청하게 물었다.

"그럼, 어, 어떻게 하란 말이야?"

"손에 든 걸 버려. 그리고 꿇어 앉아 여러 형님들에게 빌어."

그러나 무기를 잃은 순간이 바로 마지막이란 것을 검은 각반들도 직감하고 있었다.

"비켜, 죽여 버린다."

성마른 검은 각반 하나가 유리칼을 휘둘렀다. 벌거벗은 제대병의 팔어름에 한줄기 피가 솟았다. 그러나 벌거벗은 제대병은 여전히 산악처럼 버티고 선 채 자기 배를 가리키며 이죽거렸다.

"여기야, 여길 찔러. 그래야 죽든지, 몇 개월이라도 편히 누워 지낼 수 있지. 그 따위 유리 조각이 겁난다면 4부두의 아이구찌가 아니야."

stomach.

This horrible sight was another impetus. The soldiers who had been backing off switched to offensive.

"Kill 'em! Kill 'em!" the angry mob cried as the seat cushions flew at the marines and obstructed their view, followed by luggage of all sizes. Dozens of hands and feet beat them down and in a flash, only one of the four marines remained standing. The other three were dragged off somewhere screaming and groaning.

The one remaining marine must have sensed that he didn't stand a chance. A primal fear of death overcame him. The marine dropped the blade of glass, knelt down, and began to beg in earnest.

"Please, brothers. Forgive me. It won't happen..."

Before he could conclude his sentence, fists and boots flew at him from everywhere. The marine curled up like a shrimp and fell to the ground.

The marine lay in the aisle a few steps away from Lee, so Lee wound up being in the war zone against his will. He sat in a trance as an observer watching the situation turn into a lynching.

The soldiers' maniacal cruelty emerged from behind their innocent lamb-like exterior. Each time

마치 불사의 악귀 같았다.

"에잇, 죽어."

다시 검은 각반 하나가 표독스런 기합과 함께 유리칼을 휘둘렀다. 벌거벗은 제대병은 날쌔게 피했지만 가슴어림에 꽤 깊고 긴 상처가 났다. 여러 줄기의 피가 배를 타고 흘러내렸다.

그 끔찍한 광경이 다시 한 계기가 됐다. 지금껏 물러서고만 있던 제대병들이 갑작스레 공세로 전환했다.

'죽여, 죽여 버려' 하는 성난 외침과 함께 먼저 의자의 시트가 검은 각반들의 시야를 덮고, 뒤이어 손가방이며 세면도구함이 그들의 정신을 혼란시켰다. 그리고 그 뒤를 수십 개의 손과 발이 날아들었다. 눈 깜짝할 사이에 검은 각반 넷 중에 서 있는 것은 하나뿐이었다. 그 사이 셋은 각각 끌려가 여기저기서 비명과 신음을 내고 있었다.

홀로 남은 검은 각반도 사태가 절망적인 것을 깨달은 모양이었다. 얼굴에 본능적인 죽음의 공포가 어렸다. 그 검은 각반은 갑자기 들고 있던 유리 조각을 떨어뜨리고 정말로 꿇어 앉아 빌기 시작했다.

"형님들 살려 주십시오, 용서해 주십시오, 한 번만……."

그러나 말을 맺을 새도 없이 사방에서 발길과 주먹이

the marine tried to get back on his feet, the soldiers beat him down again and stomped on him as he lay writhing on the ground. Some of the soldiers burned him with cigarettes and made him scream in agonizing pain. The low groans and piercing screams coming from various corners of the car suggested that the other marines were met with similar fate.

"That's enough. Everybody calm down now." Some soldiers who came to their senses tried to stop their fellow soldiers. But the feral, angry voices of the majority engulfed the entreaties.

"Where's your dignity? Think of what they did to us!"

"We gotta exterminate these vermin."

The soldiers were already out of their minds. Looking at the bloodthirsty soldiers, he gave himself to a sudden ghastly delusion. What if those marines died?

If these marines had to die for the greater good, Lee had the conscience and courage to share the responsibility for these murders as an accessory. But what was unfolding before him was no longer a fight for the greater good; it was blind hatred and heated emotions.

날아들었다. 그 검은 각반은 새우처럼 몸을 구부린 채 꼬꾸라졌다.

마침 그 검은 각반이 쓰러진 곳은 그의 두어 발짝 앞 통로여서 그는 아무 행동도 않으면서도 저절로 전권에 휘말리게 되었다. 그는 한동안 거의 망연한 기분으로 이제는 잔인한 린치로 변한 그 광경을 살펴보았다.

순한 양처럼 당하고만 있던 제대병들 어디에 그런 광포함과 잔혹성이 숨겨져 있었던 것일까. 제대병들은 검은 각반이 일어나면 주먹으로 치고 쓰러지면 짓밟았다. 개중에 어떤 친구는 담뱃불로 지지기까지 했다. 그럴 때마다 검은 각반은 숨넘어가는 비명을 질렀다. 둔중한 신음과 함께 그런 찢어지는 듯한 비명이 객차 안 곳곳에서 들리는 것으로 보아 나머지 네 명의 운명도 그 검은 각반과 별반 다르지 않은 것 같았다.

"고만 합시다. 진정들 해요."

누군가가 이성을 회복한 듯 동료 제대병들을 만류하려 들었다. 그러나 곧 여럿의 흥분하고 성난 목소리가 그런 호소를 삼켜 버렸다.

"당신은 속도 없어? 당한 게 분하지도 않아?"

"이런 악종들은 아예 씨를 말려야 해."

So then, what should I do? Lee pondered. It occurred to him that the soldiers had to be stopped. But didn't he just see similar efforts snubbed right before his eyes? Just as he couldn't incite the soldiers to stand up against the marines, he wasn't capable of staunching this unnecessarily violent and cruel payback.

All Lee could think to do was to escape from this riot that no longer had a good cause. He carefully made his way through the frenzy of his fellow soldiers and slipped out of the car. The law and truth were, as always, late to arrive. When he found a seat for himself in the next car, he heard whistles and saw a guard running into the other car with a flock of military police in tow. In the well of depressing ambiguity, he slowly let out a sigh.

Just then, a tap on his shoulder startled him. He turned around and saw Hong sitting behind him. When had he gotten out?

"Good thinkin. I was gonna take you with me when I got out, but I thought you would have another hissy fit."

At first, Lee felt apologetic, but the feeling soon gave way to an inexplicable sadness and despair that pulled him down.

제대병들은 이미 제정신이 아니었다. 살기등등한 그들을 보며 그는 문득 섬뜩한 상상에 빠졌다. 만약 이 검은 각반들이 죽는다면?

만약 이들을 진실로 죽여야 할 대의(大義)가 있다면, 그에게도 동료 제대병들과 함께 살인죄를 나눌 양심과 용기는 있었다. 그러나 이미 그곳을 지배하는 것은 눈먼 증오와 격앙된 감정이 있을 뿐, 대의는 없었다.

그렇다면 내가 할 일은—그는 잠시 생각에 잠겼다. 우선 어떻게든 이들을 말려야 한다는 생각이 들었다. 그러나 그런 시도가 무참히 묵살당하는 것을 바로 눈앞에서 보지 않았던가. 동료들이 부상당하고 피해를 당하고 있을 때 그들을 분기시키지 못했던 것처럼, 이제 불필요하게 난폭하고 잔인해진 것 또한 만류할 능력은 그에게 없었다.

그러다가 기껏 그가 생각한 것은 대의 없는 이 소동의 와중에서 벗어난다는 것이었다. 그는 날뛰는 동료들 사이를 조심스레 헤쳐 그 객차를 빠져나왔다. 법과 진리의 도착은 언제나 늦었다. 그가 막 다음 객차의 빈자리를 찾아 앉을 때쯤, 호루라기 소리와 함께 한떼의 헌병과 함께 호송병이 달려가는 것이 보였다. 그는 막연한 우울 속에서, 천천히 한숨을 내쉬었다.

"I sure hate a hullabaloo. Here. Have some *soju.*"

Hong passed a half-empty bottle over the seat back. Lee dispiritedly took it. As Lee felt the fiery liquor rushing down his throat, he was reminded of an anecdote. Unlike Hong, who was winking in and out of sleep, Lee was able to think of this story thanks to his old parents who sold land and paddy to send him to college.

Pilon was traveling by sea. The ship met a great storm in the ocean and soon there was pandemonium on the ship. Some wept, others prayed, and still others made rafts. A wise man, Pilon wondered what action he should take, but could not think of anything. Then, Pilon saw a pig sound asleep under the ship's hold, dead to the world despite the panic onboard. In the end, Pilon did as the pig did.

1) The real singer implied here is Na Hun-a, one of the most popular singers of the time.
2) Aiguchi is Japanese for a dagger.

Translated by Jamie Chang

그때였다. 그의 어깨를 치는 사람이 있었다. 흠칫 놀라 돌아보니 홍이었다. 어느새 빠져나왔는지 홍은 그의 등 뒤에 자리잡고 앉아 있었다.

"잘 나왔구마. 내 나올 때 이형도 데불고 나올라카다가 또 성내까 봐……."

그는 처음 송연한 기분이었다. 그러나 이내 원인 모를 슬픔과 절망으로 축 처져 내렸다.

"나는 당최 시끄러운 게 싫어서—자, 쏘주나 한잔 하소."

홍은 먹다 남은 소주를 의자 등받이 위로 넘겼다. 그는 맥없이 소주병을 받았다. 그러나 졸음으로 거물거리는 홍과는 달리, 화끈거리는 소주를 병째 부어 넣으면서 그래도 그가 이런 일화를 생각해 낼 수 있었던 것은, 순전히 논 팔고 밭 팔아 그를 대학에까지 보내준 고향의 늙은 부모덕택이었다.

……필론이 한번은 배를 타고 여행을 했다. 배가 바다 한가운데서 큰 폭풍우를 만나자 사람들은 우왕좌왕 배 안은 곧 수라장이 됐다. 울부짖는 사람, 기도하는 사람, 멧목을 엮는 사람…… 필론은 현자(賢者)인 자기가 거기서 해야 할 일을 생각해 보았다. 도무지 마땅한 것이 떠오르

지 않았다.

그런데 그 배 선창에는 돼지 한 마리가 사람들의 소동에는 아랑곳없이 편안하게 잠자고 있었다. 결국 필론이 할 수 있었던 것은 그 돼지의 흉내를 내는 것뿐이었다.

『필론의 돼지』, 동아, 1989

해설

Afterword

폭력의 악순환, 인간의 진실

박철화(문학평론가)

「필론의 돼지」는 이문열이 1979년 등단하여 가장 왕성한 필력을 보여 주던 1980년대의 작품이다. 이 시기 다작으로 잘 알려진 작가답게 이문열의 초기 작품 세계는 쉽게 하나로 수렴되지 않는다. 그 세계는 몇 가지로 나누어 살필 수 있는데, 「필론의 돼지」는 1989년 출간된 같은 이름의 작품집 『필론의 돼지』에 실린 작품으로, 특정한 상황을 설정하여 그 속에서 드러나는 인간 존재의 다양한 모습을 보여 주는 이문열 특유의 문학적 질문과 대답을 담고 있다.

비교적 짧은 이 작품의 무대는 제대병들을 싣고 가는 군용열차 안이다. 군복만 입히면 평범한 청년도 못 하는

The Vicious Cycle of Violence and the Truth About Man

Bak Cheol-hwa (literary critic)

"Pilon's Pig" was penned by Yi Mun-yol in the 1980s when he was at his most prolific since his debut in 1979. Known for his vast oeuvre during this period, Yi's early works do not have one unifying theme. Among the several branches that Yi's works from this period may be divided into, "Pilon's Pig" is a story from a short fiction collection bearing the same title, and embodies a characteristically Yi Mun-yol literary Q&A that showcases diverse snapshots of human existence under certain settings.

The setting of this relatively brief story is a train car especially reserved for discharged soldiers on an army train. The Korean army uniform is a powerful

것 하나 없는 놀라운 전사(戰士)로 변모시키는 대한민국 군대지만, 군복을 벗는 순간 그 마법은 금세 힘을 잃고 술자리의 안주거리로 전락한다. 제대병들이 단체로 탄 군용열차란 그런 점에서 허풍과 감상이 뒤섞인 통속의 난장(亂場)이어서 문학의 대상이 되기 쉽지 않다. 그런데 이문열은 이러한 귀향 열차를 배경으로 평범한 인간의 외양에 감춰진 존재의 비극적 면모가 드러나도록 이야기를 펼친다.

화자 '그'는 막 군복무를 끝낸 제대병이다. 군대 생활을 끔찍하게 여겨서 일반 열차를 타고 고향에 돌아가려 했으나, 사정이 여의치 않아 제대병이 탈 수 있는 군용열차에 오른다. 여기서 그는 훈련소 동기를 만나는데, 홍동덕이란 이름의 이 동기는 국졸 학력을 속이고 군에 들어온 탓에 훈련소에선 홍 똥덩이라고 불릴 정도로 서투르고 모자란 사람이었다. 그런데 열차 안에서 홍동덕은 자신을 포장하며 즐거울 리 없는 과거의 기억을 감추려 한다. 그러한 홍의 변모에 대해 "그러나 감탄보다는 아아, (군대의) 이 삼 년이 순박한 농부 하나를 얼치기 건달로 바꾸어 놓았구나, 하는 느낌에 그는 왠지 쓸쓸해졌다." 인간은 상황에 따라 변하는 존재인 것이다.

좀 더 본격적인 소란은 제대병들만 타는 이 열차 안으

one that can transform the most average young man into an impressive warrior who can fight any foe, but the magic is gone the moment the young man takes off his uniform. Then the tales of bravery turn into nostalgic rantings of sad braggarts. An army train car designated for discharged soldiers is characterized with such a complex blend of vainglory and sentimentality that it is difficult to be written into a story. Yi's story unfolds in this complex environment where tragedy of existence reveals under the mask of an average man.

Lee, the protagonist of the story, has just completed his military service. After the horrid experience he had in the military, the last thing he wants to do is return home on the army train. But his lack of funds forces him to take the army train where he runs into a fellow soldier he knew from boot camp. This soldier, named Hong Dong-deok, was so slow and incompetent due to his lack of formal education that he was nicknamed "Hong Dunghead." Upon meeting Lee again, Hong tried to cover up his probably unpleasant experience in the army with lies and exaggerations about what he has been up to. Lee's response to Hong's stories is: "Rather than being impressed by the life skills Hong picked up in

로 일반 사병이 아닌 각반을 찬 무리가 들어오면서 시작된다. 이들은 제대병들로부터 푼돈을 뜯어내는 질 나쁜 특수군인들이다. 그들은 협박과 폭력을 동원하여 돈을 강탈함으로써 집으로 돌아가는 제대병들에게 분노를 불러일으킨다. 화자 역시 마찬가지 감정에 휩싸인다. "처음부터 그들의 출현이 못마땅하던 그의 가슴에 은은한 분노의 불길이 타올랐다. 이제 그 모든 불합리와 폭력에서 벗어났다고 생각한 때이기 때문에 더욱 그런 것 같았다."

그런데 문제는 다수의 제대군인들이 이 각반의 무리에게 항거하지 못 한다는 사실이다. 소수가 맞서고자 나서기는 했지만, 회유의 꼬임에 넘어갔다가 폭력에 능욕을 당하거나, 아니면 그냥 일방적인 폭력의 희생자가 될 뿐이다. 그때마다 화자는 벌레 씹는 배반감을 느끼거나, 폭력 앞에 움츠러드는 겁쟁이 인간의 부끄러움과 자기혐오에 빠진다.

하지만 한 군인의 절규에 가까운 반항을 시작으로 상황은 반전하여 마침내 제대병들은 다수 집단의 힘으로 각반의 무리들을 제압한다. 하지만 그것은 폭력에 대한 또 다른 폭력의 행사일 뿐이다.

"마침 그 검은 각반이 쓰러진 곳은 그의 두어 발짝 앞

the army, Lee lamented the transformation of an innocent farmer into a mediocre crook." Lee feels sad to confirm that human beings change depending on circumstances.

Tensions rise as a group of soldiers wearing gaiters enter the train car designated for discharged soldiers only. These soldiers are in the Special Forces and coerce money from the discharged soldiers. As the Special Forces soldiers rob the discharged soldiers through threats and violence, anger hatches among the latter. Lee is seized with similar feelings of fury. "Lee, who had been resentful of the marines' appearance from the start, felt muted flames of rage glowing in his heart. He thought that he was finally free from all the irrationality and violence he'd had to endure."

The problem lies in that the large number of discharged soldiers is unable to stand up against a handful of Special Forces soldiers. A few attempt to rebel, but they are either coaxed into changing alliances only to be crushed later, or simply become defenseless victims. Each time, Lee feels a mortifying sense of betrayal, or shame and self-hate as he discovers himself cowering before violence.

The tables eventually turn with one soldier's des-

통로여서 그는 아무 행동도 않으면서도 저절로 전권에 휘말리게 되었다. 그는 한동안 거의 망연한 기분으로 이제는 잔인한 린치로 변한 그 광경을 살펴보았다.

순한 양처럼 당하고만 있던 제대병들 어디에 그런 광포함과 잔혹성이 숨겨져 있었던 것일까. 제대병들은 검은 각반이 일어나면 주먹으로 치고 쓰러지면 짓밟았다. 개중에 어떤 친구는 담뱃불로 지지기까지 했다. 그럴 때마다 검은 각반은 숨넘어가는 비명을 질렀다."

그 소란 속에서도 이성을 회복한 누군가 나서서 폭력의 광기에 휩싸인 동료 제대병들을 말려 보려 했지만 소용없는 일이었다. 폭력에 당한 만큼 폭력으로 갚아야 한다는 살기등등한 악순환이 있을 뿐이다. "눈먼 증오와 격앙된 감정이 있을 뿐, 대의는 없었다."

이런 상황에서 화자가 할 수 있는 일은 없었다. 기껏 그가 생각한 것은 대의 없는 이 소동의 와중에서 벗어난다는 것이었다. 그 무력감 때문에 화자는 '막연한 우울'에 시달린다. 그리고 무엇보다도 이 소동으로부터 일찌감치 빠져나온 홍동덕의 약삭빠른 처세는 화자로 하여금 더욱 '원인 모를 슬픔과 절망'의 감정을 느끼게 만든다. 홍동덕이 자기 밖의 소동에 관여치 않는 '돼지'와 같다면, 사실

perate cries to fight against the Special Forces soldiers. The discharged soldiers subdue the Special Forces soldiers in another act of violence in response to violence:

"The marine lay in the aisle a few steps away from Lee, so Lee wound up being in the war zone against his will. He sat in a trance as an observer watching the situation turn into a lynching.

The soldiers' maniacal cruelty emerged from behind their innocent lamb-like exterior. Each time the marine tried to get back on his feet, the soldiers beat him down again and stomped on him as he lay writhing on the ground. Some of the soldiers burned him with cigarettes and made him scream in agonizing pain."

One of the discharged soldiers comes to his sense and tries to stop his fellow soldiers, but they are already taken over by a hysterical violence that cannot be retrained. There is only the murderous vicious cycle that will not be satiated through any means other than eye for an eye: "...What was unfolding before him was no longer a fight for the greater good; it was blind hatred and heated emo-

그 소동을 만류하고 진정시킬 노력을 기울이지 않는 화자 자신 역시 돼지를 흉내 낸 '무력한 먹물'로서의 '필론'일 뿐이다.

폭력의 악순환과 함께 인간 존재의 어두운 속성 문제를 다루고 있는 이 작품은 1980년대 우리 현실에 대한 알레고리의 형식을 취한다. 하지만 권력의 폭력이나, 지배를 당하는 쪽의 폭력을 등가의 것으로 본다는 점에서 많은 논란을 불러일으키기도 했다. 과연 폭력은 모두 나쁜 것인가, 피지배자의 폭력은 목적까지는 아닐지라도 정당한 항거의 수단이 아닌가, 등등의 질문을 던지고 있는 이 작품은 이후 정치적 보수주의를 일관되게 드러낸 작가의 세계관과 인간관이 잘 녹아 있는 논쟁거리로서의 의미가 있다.

tions."

There is nothing the protagonist can do in this situation: "All Lee could think to do was to escape from this riot that no longer had a good cause." Helplessness puts Lee in a state of endless gloom. This gloom becomes "inexplicable sadness and despair" when he sees that Hong Dong-deok shrewdly managed to pull himself out of the mess. If Hong is the "pig" that does not care about disturbances that do not directly affect him, Lee is nothing more than a member of the powerless educated class, a "Pilon" who makes no attempt to stop the madness.

"Pilon's Pig," an allegory of our society in the 1980s, deals with the darker nature of human existence along with the vicious cycle of violence. This story fueled a great deal of controversy about the way it equated the violence of the rebels the violence of the rulers. Is all violence bad? Doesn't the violence of the oppressed constitute self-defense? This story later went on to serve as important evidence that reflects the author's politically conservative worldview and idea of humanity.

비평의 목소리

Critical Acclaim

왜 그가 작가로서 출발할 당시 그 시대를 풍미했던 역사적인 리얼리즘 세계를 추구하지 않았는가 하는 것은 북으로 간 남노당원이었던 그의 아버지와의 관계에서 오는 심리적이고 가족사적인 문제로 풀어볼 수도 있겠지만, 그것은 어디까지나 삶을 보는 그의 시각 및 창작에 대한 철학과 깊은 관계가 있다고 하겠다.

그런데 중요한 것은 그가 그를 끊임없이 억압하는 외부적인 힘에 굴복하지 않고 군건히 자기 세계를 구축해서 독자들로부터 갈채를 받은 것은 물론 그들로 하여금 리얼리즘을 넘어선 곳에서도 언어의 밭을 갈 수 있는 풍요로운 땅이 있다는 것을 인식하게 했다는 것이다. 문학이 현

We could attribute Yi Mun-yol's reluctance to adopt historical realism—as was the fashion among writers at the time he began his writing career—to his psychological and personal issues that stem from his relationship with his father, a member of the Worker's Party of South Korea who defected to North Korea. The divergent path he took, however, is related more to his perspective on life and his writing philosophy.

But the greater triumph of his dissimilarity was that he not only earned respect as a writer by refusing to give in to persistent external pressure and guarding his literary world, but also showed his

실과 다른 것은 그것이 지닌 독특한 미학적인 질서와 비전이 있기 때문이다. 그러나 우리는 역사적인 리얼리즘의 시각에서 인간 개체의 기쁨이나 슬픔보다는 냉혹하고 부조리한 역사의 운동 방향에만 지나치게 매달리는 것도 그렇게 바람직하지 못하다는 생각을 가질 수 있다. 그래서 이문열은 역사적인 당위보다는 개인적인 삶의 진실과 존재 문제를 소중히 생각하고 그것이 지니고 있는 근원적인 문제를 휴머니즘적인 차원에서 깊이 탐색하려고 했다. 다시 말해 그는 역사성을 지닌 당위적인 삶을 그리려고 하는 리얼리즘에만 자신을 묶어두지 않고, 삶의 진실을 있는 그대로 반영시키는 '미메시스'의 세계를 우리들에게 보여 주려고 했다. 사실 그가 거센 함성에 가까운 주변의 억압에도 불구하고 그 나름대로의 독자적인 길을 추구해서 이른바 자아의 문학을 이 땅에다 정착시켜 흔들림 없는 위치를 구축한 것은 높이 평가할 만하다. 더욱이 1990년대의 한국 문학이 1980년대의 억눌린 상황에서 새로운 세계로 방향을 전환할 수 있었던 것도 그의 힘이 보이지 않게 작용했다고 말할 수 있겠다.

이태동

readers that there are fertile grounds for literature outside the territory of realism. Literature is different from reality because of its unique aesthetic order and visions. Seeking an alternative to the literary obsession that prioritized exposing the historical cruelty and incongruities above the joys and sorrows of the individual, Yi preferred to explore existential questions and the more personal truths in life, and examined the underlying issues of these questions from a humanistic angle. In other words, Yi did not confine himself to the realism that depicts what should be, but attempted to show his readers a world of mimesis in which life's truths are revealed for exactly what they are. It is indeed an admirable accomplishment that Yi stuck to his unique path, implanted literature of the self in Korea, and raised it to a place of unshakable influence in spite of strong objections and pressure from even his closest circles. Moreover, behind Korean literature's transition from the oppressed 1980s to the exploration of new horizons in the 1990s is the invisible hand of Yi Mun-yol.

Lee Tae-dong

이문열 씨의 작품들에서 만나게 되는 인물들은 크게 한 두 층으로 나누어 생각해 볼 수 있을 것 같다. 즉 문제 의식을 안고 있는 지식인 군상이 그러한 한 인물 층을 이루고 있는 것 같고, 다른 한 층은 심히 왜곡되었거나 소외된 층으로서, 시대의 변천에서 따돌려진 장인들이나 소시민 스스로 쌓아올린 이기주의의 갑갑하게 제한된 테두리 속에 갇힌 왜소한 인물들이다. 또는 격동기에 삶을 빼앗긴 보통 사람들의 정신적 방황이나 공포 의식이 나타나기도 한다. 혹은 겉으로는 정상성을 유지하는 그런 보통 사람들이지만 안으로는 자기 기만을 합리화하며 살아가는 풍속의 삶의 내밀한 의미의 짜임 등을 밝혀 그 내재된 모습을 들추어낼 만한 그런 인물들이다.

이렇게 본다면, 인물의 행동은 자신의 자아실현이라는 기본적 명제가 있으며 그것은 부단히 움직여 가는 사회적 변동과 어울려 있으며, 사람 그 자체도 시대의 변동 속에서만 그 사람다움의 모습이 이해되기 마련인 것 같다. 그런데 시대가 변동하는데 사람이 적응하지 않는다면, 그 시대의 변동하는 힘과 굴하지 않는 그 개인은 서로 어긋나게 되며 그로 인하여 개인은 깨어지거나 부서지게 마련이다. 특수한 예를 제외한 대개의 경우 개인이 시대를 이

Yi Mun-yol's characters can largely be divided into two groups, one being socially conscious intellectuals, and the other being an extremely distorted or marginalized group—artisans left behind in the changing times or feeble petty bourgeois characters hopelessly trapped in the confines built by their own greed. Characters whose lives have been stolen from them in times of social trouble sometimes exhibit emotional instability or phobias. Other times, Yi's characters maintain a sane front on the outside but practice self-deception as a customary coping mechanism. These characters and the way they organize their lives are worth dissecting and peering at what lies underneath.

Given this, one may interpret a character's actions on the premise that people are driven by the desire for self-realization, which is inexorably linked to the ever-changing society, and reach the conclusion that a true understanding of a character's humanity can only come from examining the character in its changing society. But when the individual resists conformity to the social changes, the individual is crushed. Apart from the odd exceptions, there are very few cases in which the individual triumphs over society. For example, a few of Yi Mun-yol's

기는 사례는 별로 없는 것 같다. 가령 이문열 씨의 주요 작품의 한두 사례에서도 그러한 문제가 흥미 있게, 그리고 극명하게 다루어진 것을 볼 수 있을 것이다. (…) 이러한 인물에서 남아의 자존심과 이념의 실현이라는 명분을 고수하려는 의지와 그 스스로의 비극적 종말을 예견하며 그것을 맞이하는 인간형을 볼 수 있겠다. 이런 점에서 독자들은 감명을 받게 되는 것이지만, 그것은 시세의 변동에 굴하지 않고 순수 이념의 실현이 곧 자아의 가장 고양화된 창조적 가치의 체현이라는 명제를 담고 있음으로써 이루어지는 그런 공감이라 할 것이다. 실제로는 이러한 주인공이 존재한다는 것은 쉽지 않을 뿐만 아니라 매우 어렵고 불가능에 가까운 것이리라. 오직 이야기 문학이라는 특수한 가정적 공간에서만 이상적인 자기실현이 시도될 수 있는 것이고, 그렇게 하여 작품은 독자에게 굴절 없는 지혜의 거울이 되는 것도 사실인 것 같다.

신동욱

이문열 문학의 가치는 삶에 대한 근원적인 반성 없이 하루하루 기계적인 되풀이 속에서 천박한 처세 논리만 횡행하는 오늘날의 삶에, 혹은 형이상학적 깊이가 없이 불

major works features such characters in interesting, illuminating ways. [...] Through these characters, we see some men's efforts to preserve their dignity and act according to their beliefs, and at the same time they predict and accept their tragic ends. Readers are moved by such characters, and the empathy of the readers stems from the assumption that action based on principles that do that bend in the winds of change is the manifestation of the highest form of self-expression. In reality, however, such characters are not likely to exist. Thus, the ideal self-realization is only possible in the exceptional, hypothetical space we call literature, which functions as an unadulterated mirror of wisdom.

Shin Dong-uk

The value of Yi Mun-yol's works lies in that it threw a curveball at a society of people who live mechanically, resorting to cheap self-help tricks without engaging in fundamental self-examination, a literary climate that lacks metaphysical profundity and has only practical or hasty emotional responses to the injustices of society, and an intellectual landscape that imposes a superficial logic on its people under the guise of historicism. Yi's writings were an

만의 현실에 즉물적이고 조급한 감정으로 대처하는 우리 문학적 분위기에, 혹은 역사주의라는 이름 아래 상투적 논리로만 강요당하는 우리의 지적 풍토에 새로운 충격을 던져 주었다는 데 있다. 특히 교과서적인 세계 이해에서 벗어나, 현실과 세계의 불합리한 참모습을 주체적으로 만나려는 젊은 지성인들에게 훌륭한 사고의 지팡이가 되어 주었다.

이남호

exceptionally useful guide for young intellectuals trying to attain a deeper understanding of the world than what they were taught in school, and to proactively encounter reality and the incongruities of the world.

Lee Nam-ho

이문열

소설가 이문열은 1948년 서울 한복판 청운동에서 출생하였다. 해방 후 이념 갈등의 혼란기에 태어난 그에게 한국 현대사의 분단은 인간으로서나 작가로서 그의 삶을 결정짓는 극적 요소가 되었다. 공산주의 신념을 가진 지식인이었던 부친이 6·25 한국전쟁 발발과 함께 월북함으로써 이산가족이 되었기 때문이다. 민음사월북자 사상범의 자식으로 그는 이후 외가와 친가가 있는 경북의 영천, 영양, 안동 등을 떠돌며 고단한 유년기와 청소년기를 보낸다. 1959년에는 밀양으로 이사하여 밀양국민학교를 마치고 밀양중학교에 진학하지만 육 개월 만에 그만둔다.

고향 영양에서 집안일을 돕다 안동고등학교에 진학하였으나 일 년 만에 그만두고, 부산으로 가서 특별한 직업 없이 삼 년을 떠돈다. 그러고는 검정고시를 거쳐 서울대학교 사범대학에 진학한다. '사대 문학회'에 가입하여 작가의 꿈을 키워 나가는 한편, 무너진 집안을 일으킬 생각으로 사법고시 공부에 도전하기도 한다. 1973년 결혼을 한 뒤 군에 입대하여 1976년 만기 제대한다.

Yi Mun-yol

Novelist Yi Mun-yol was born in Cheogun-dong, located in the heart of Seoul, in 1948. Born during the years of tumultuous ideological conflicts following Korea's liberation from Japan, the national division in Korea's contemporary history was a dramatic factor that set the tone for both his life as a writer and a person. Yi's father was an intellectual with communist leanings who defected to the North during the Korean War, leaving Yi to a weary life as the son of a political offender. Yi spent his childhood and adolescence being passed around among relatives who lived in various cities in Gyeongsang-do, including Yeongcheon, Yeongyang, and Andong. He settled down in Miryang in 1959 where he graduated from Miryang Elementary School and went on to Miryang Middle School, but dropped out after six months. He later attended Andong High School but quit after a year, and spent three aimless years in Busan going from one odd job to the next. He eventually passed his diploma test and was admitted to the Seoul National University School of

제대하고 본격적으로 글을 쓰기 시작하여 투고한 대구 《매일신문》 신춘문예에 입선한다. 이를 계기로 1978년 매일신문사에 입사하여 언론인으로서의 삶을 시작한다. 1979년에는 《동아일보》 신춘문예 중편 부문에 「새하곡」이 당선, 본격적으로 중앙 문단에 진출한다. 같은 해 『사람의 아들』로 민음사가 주관하는 '오늘의 작가상'을 수상하면서 가장 주목받는 청년 작가로 등장한다.

1980년대 그의 작품은 거의 예외 없이 문단과 독자의 뜨거운 주목을 받았으며, 그 결과로 각종 문학상을 수상한다. 1982년 「금시조」로 동인문학상을, 1983년 『황제를 위하여』로 대한민국문학상을, 1984년 『영웅시대』로 중앙문화대상을, 1987년 「우리들의 일그러진 영웅」으로 이상문학상을 차례로 거머쥔다. 그리고 이러한 수상은 1990년대에도 계속 이어져, 1992년 현대문학상, 1998년 21세기 문학상, 그리고 1999년 호암상의 주인공이 된다.

각종 문학상 수상에서 보듯 이문열은 속도감 넘치는 빼어난 문장으로 독자를 이끄는 타고난 이야기꾼이자, 시대와 삶에 대해 예리한 물음을 던지는 논란의 작가였다. 그의 작품들의 스펙트럼은 넓었고 또 깊었다. 『사람의 아들』은 신과 인간의 대립적 구도를 통해 구원의 형이상학

Education. He married in 1973 and completed his military service in 1976.

As a member of the "Literary Club" in college, Yi cultivated his dreams of being a writer. While he briefly considered taking the law exam to salvage his family's tarnished reputation, winning the Daegu *Maeil News* Spring Literary Contest in 1978 and his subsequent post *Maeil News* established Yi as a writer and journalist. In 1979, Yi's novella, "Saehagok," won the *DongA Daily* Spring Literary Contest and put Yi on the map in Korean literature. In the same year, Yi received the Minumsa "Today's Writer" Award with his novel, *Son of Man*, establishing himself as the most promising young writer among his contemporaries.

In the 1980s, his works were received enthusiastically from both readers and the Korean literary circles. As a result, he received many literary awards including the Dongin Literary Award ("Garuda," 1982), Republic of Korea Literary Award (*For The Emperor*, 1983), Jungang Culture Grand Award (*Age Of Heroes*, 1984), and the Yi Sang Literary Award ("Our Twisted Hero," 1987). His winning streak continued throughout the 1990s as he added the Hyundae Literary Award (1992), the Twenty-First

을, 「금시조」는 예술의 미학을 매개로 전통과 현대적 가치관의 대립을, 『영웅시대』는 공산주의 이념을 선택한 지식인의 삶을 통해 이념과 전쟁의 의미를, 또 「우리들의 일그러진 영웅」은 군중과 권력의 문제를 파고든다.

물론 그의 문학 세계에 대해 찬사만이 있었던 것은 아니다. 지나치게 관념적이라는 지적부터 시작해서, 특히 그의 보수적 정치관을 비판하는 목소리 역시 거셌다. 이런 비판은 1980년대 대한민국의 사회적 맥락 속에서 부각된 것인데, 해방 이후 억압되었던 진보적 이념에 대한 젊은 세대의 관심이 보수적 이념에 대한 공격으로 표출된 것이라 할 수 있다. 『영웅시대』는 여기서 중요한 계기가 되었다. 그 작품의 출간과 함께 부친의 월북, 이산가족으로서의 가족사, 유년의 신산한 떠돌이 삶이 알려짐으로써 그의 작품에 대한 정치적 해석의 준거가 되었기 때문이다.

그걸 의식해서였는지 이문열은 이후 자신의 삶을 통해 자신의 문학을 설명하고자 하는 노력을 기울인다. 1980년대 후반 시작하여 1990년대 중반에 이르러서야 완결을 본 대하소설 『변경』은 자전소설에 가까운 것으로서 이 작품을 통해 이문열은 변경의 아웃사이더로서의 자신의 정체

Century Literary Award (1998), and the Ho-Am Award (1999) to the list.

As his awards attest, Yi is a born storyteller who captivates his readers through his fast-paced, well-crafted sentences and a controversial novelist who offers pointed questions on the times and life. His works engages with a wide spectrum in profound ways. *Son of Man* explores the metaphysics of salvation through the tension between god and man, "Garuda" portrays the conflict between traditional and modern ideology through the aesthetics of art, *Age of Heroes* examines the meaning of ideology and war through the life of an intellectual who chose communism, and "Our Twisted Hero" considers the issue of the public and power.

However, not everyone was a fan. Some were critical of his abstract narrative, but the greatest case against Yi was his political conservatism. This aspect of Yi's writing was especially conspicuous in the social context of the 1980s when the younger generation's interest in progressive ideology, which had been discouraged since liberation, manifested itself in the form of criticism against conservative ideology. *Age Of Heroes* played an important role at the time of its publication as an explanation of where

성을 명확히 한다. 이런 노력은 1991년 『시인』에 잘 담겨 있다. 이 작품은 조선시대 후반 순조 때, 선천 부사였던 조부(祖父) 김익순이 홍경래가 주도한 반란의 역도에게 항복함으로써 정상적 삶을 살아갈 수 없게 된, 고통의 멍에를 짊어진 방랑시인 김병연의 행적을 통해 이념으로부터 자유롭지 못한 한국 사회 지식인으로서의 자신을 비춰본 것이다. 하지만 이러한 작가의 노력에도 진보 진영의 공격은 수그러들지 않는다.

특히 이천 년대 들어 진보 정권의 수립과 맞물리며 보수 정치 세력에 친화적인 그의 행적과 발언은 그의 문학에 대한 공격의 빌미가 되기도 하였다. 그 여파였는지 이천 년대 들어 이문열의 작품 활동은 이전과 비교할 때 상대적으로 활발하다고는 할 수 없다. 하지만 2006년 『호모 엑세쿠탄스』, 2011년 『리투아니아 여인』 등의 장편소설의 출간은 그가 여전히 활동 중인 현재진행형의 작가라는 것을 잘 보여 주고 있다.

한편 그는 자신의 인세 수입의 상당 부분을 투자하여 '부악문원'이라는 사설 문학교육기관을 운영하고 있고, 1990년대에는 세종대학교에서, 그리고 요즘은 한국외국어대학교에서 석좌교수로서 학생들을 가르치고 있다.

Yi was coming from. A book that detailed Yi's father's defection to the North, his divided family, and his rootless youth, *Age Of Heroes* provided a background for a better political interpretation of his works.

Conscious of these critical opinions, Yi began an attempt to explain his works through his personal history. The epic historical novel, *Periphery*, which he began writing at the end of the 1980s and finished in the mid-90s, was very much an autobiographical novel through which Yi painted a portrait of himself as an outsider on the periphery. This effort continues in *The Poet* (1991), the story of the Joseon vagabond poet, Kim Byeong-yeon, whose grandfather, Kim Ik-sun, was cast out of society after surrendering to the leaders of the Hong Gyeong-rae Rebellion when he was serving as the mayor of Seoncheon. Yi saw himself, an intellectual living in a society without ideological freedom, through the tale of a poet who went through life carrying the yoke of pain laid upon his shoulders by his ancestor. Yi's efforts, however, did nothing to stay the attacks of the progressive critics.

Especially since the 2000s, with the ever-growing influence of the library party in the government, Yi's

결론적으로 많은 정치적 논란에도 작가 이문열은 1980년대 이후 한국 소설사에서 가장 뚜렷한 족적을 남긴 놀라운 작가임에 분명하다.

alliance with the conservative party has becomes grounds for criticism of his literary works. As a result, Yi has become a relatively less active writer in the last decade, but the publication of two novels, *Homo Executans* (2006) and *The Woman From Lithuania* (2011) is proof of his relevance today.

In the meantime, Yi has invested a large amount of his proceeds to Buak Literary School, a private education facility for writers. He taught at Sejong University in the 1990s and is currently a professor at Hankuk University of Foreign Studies.

In conclusion, in spite of the political controversies surrounding him, novelist Yi Mun-yol is without a doubt the most prominent writer of post-1980s Korean literary history.

번역 제이미 챙 Translated by Jamie Chang

김애란 단편집 『침이 고인다』 번역으로 한국문학번역원 번역지원금을 받아 번역 활동을 시작했다. 구병모 장편소설 『위저드 베이커리』 번역으로 코리아 타임즈 현대문학번역 장려상을 수상했다.

Jamie Chang has translated Kim Ae-ran's *Mouthwatering* and Koo Byung-mo's *The Wizard Bakery* on KLTI translation grants, and received the Modern Korean Literature Translation Commendation Prize in 2010. She received her master's degree in Regional Studies—East Asia from Harvard in 2011.

감수 전승희 Edited by Jeon Seung-hee

서울대학교와 하버드대학교에서 영문학과 비교문학으로 박사 학위를 받았으며, 현재 하버드대학교 한국학 연구소의 연구원으로 재직하며 아시아 문예 계간지 《ASIA》 편집위원으로 활동 중이다. 현대 한국문학 및 세계문학을 다룬 논문을 다수 발표했으며, 바흐친의 『장편소설과 민중언어』, 제인 오스틴의 『오만과 편견』 등을 공역했다. 1988년 한국여성연구소의 창립과 《여성과 사회》의 창간에 참여했고, 2002년부터 보스턴 지역 피학대 여성을 위한 단체인 '트랜지션하우스' 운영에 참여해 왔다. 2006년 하버드대학교 한국학 연구소에서 '한국 현대사와 기억'을 주제로 한 워크숍을 주관했다.

Jeon Seung-hee is a member of the Editorial Board of ASIA, is a Fellow at the Korea Institute, Harvard University. She received a Ph.D. in English Literature from Seoul National University and a Ph.D. in Comparative Literature from Harvard University. She has presented and published numerous papers on modern Korean and world literature. She is also a co-translator of Mikhail Bakhtin's *Novel and the People's Culture* and Jane Austen's *Pride and Prejudice*. She is a founding member of the Korean Women's Studies Institute and of the biannual Women's Studies' journal *Women and Society* (1988), and she has been working at 'Transition House', the first and oldest shelter for battered women in New England. She organized a workshop entitled "The Politics of Memory in Modern Korea" at the Korea Institute, Harvard University, in 2006. She also served as an advising committee member for the Asia-Africa Literature Festival in 2007 and for the POSCO Asian Literature Forum in 2008.

바이링궐 에디션 한국 현대 소설 016
필론의 돼지

2013년 6월 10일 초판 1쇄 인쇄 | 2013년 6월 15일 초판 1쇄 발행

지은이 이문열 | **옮긴이** 제이미 챙 | **펴낸이** 방재석
감수 전승희 | **기획** 정은경, 전성태, 이경재
편집 정수인, 이은혜, 이윤정 | **관리** 박신영 | **디자인** 이춘희

펴낸곳 아시아 | **출판등록** 2006년 1월 31일 제319-2006-4호
주소 서울특별시 동작구 흑석동 100-16
전화 02.821.5055 | **팩스** 02.821.5057 | **홈페이지** www.bookasia.org
ISBN 978-89-94006-73-4 (set) | 978-89-94006-74-1 (04810)
값은 뒤표지에 있습니다.

Bi-lingual Edition Modern Korean Literature 016
Pilon's Pig

Written by Yi Mun-yol | **Translated by** Jamie Chang
Published by Asia Publishers | 100-16 Heukseok-dong, Dongjak-gu, Seoul, Korea
Homepage Address www.bookasia.org | **Tel**. (822).821.5055 | **Fax**. (822).821.5057
First published in Korea by Asia Publishers 2013
ISBN 978-89-94006-73-4 (set) | 978-89-94006-74-1 (04810)